Sagen, Geschichten und Bilder
aus der historischen Maler- und
Märchenstraßenstadt Schieder-Schwalenberg

Sagen, Geschichten und Bilder aus der historischen Maler- und Märchenstraßenstadt Schieder-Schwalenberg

Bibliografische Information der Deutschen Nationalbibliothek
Die Deutsche Nationalbibliothek verzeichnet diese Publikation
in der Deutschen Nationalbibliografie; detaillierte bibliografische
Daten sind im Internet über http//dnb.d-nb.de abrufbar.

Titelbild: Bildmontage unter Verwendung des Motivs
von Nelly Cunow: Burg und Stadt Schwalenberg

Reihe: *Aus der Schatzkammer der Deutschen Märchenstraße*

Satz, Umschlaggestaltung, Herstellung und Verlag:
BoD – Books on Demand, Norderstedt

ISBN: 978-3-7494-1337-9

Inhaltsverzeichnis

Hans Northmann: Altes Rathaus in Schwalenberg

Die Künstler- und Malerstadt Schwalenberg

(Dr. Mayarí Granados, Landesverband Lippe)

Den Beinamen *Malerstadt* verdankt Schwalenberg seiner Bedeutung als Künstlerkolonie im 19. und in der ersten Hälfte des 20. Jahrhunderts. Doch auch heute noch zeichnet sich die Stadt durch ihre lebendige Kunstszene aus.

Gerahmt von einer idyllischen Landschaft und gekennzeichnet von verwinkelten Gassen und pittoresken Fachwerkhäusern war Schwalenberg schon im 19. Jahrhundert ein Anziehungspunkt für Maler, die sich der aufkommenden Freilichtmalerei zuwandten. Immer mehr Künstler in Deutschland verließen ihre Ateliers, um unmittelbar in der Natur unter freiem Himmel nach neuen künstlerischen Ausdrucksformen zu suchen.

Reizvolle Motive fanden sie in der sanften, hügeligen Felderlandschaft, dem Burgberg mit seinen steilen Hängen und in den mittelalterlichen, reich beschnitzten, farbigen Fachwerkhäusern Schwalenbergs.

Die Funktion des naturgetreuen Abbildens, aber auch der idealisierten Landschaft, rückte in der Malerei am Ende des 19. Jahrhunderts zusehends in den Hintergrund. Die Maler, die sich zumeist an dem aus Frankreich kommenden Impressionismus orientierten, faszinierten vielmehr momenthafte atmosphärische Erscheinungen, sich wandelnde Farb- und Lichtverhältnisse.

Für Landschaftsmaler war Schwalenberg insbesondere aufgrund einer geo-atmosphärischen Besonderheit interessant: An warmen Tagen steigt aus dem »Mörth« ein besonders flirrendes Licht empor. Als »Mörth« wird das ehemalige Hochmoor bezeichnet, das sich zwischen den Orten Schieder, Schwalenberg, Rischenau und Elbrinxen in einer Höhe von bis zu 446 m über dem Meeresspiegel erstreckt. An den bewaldeten Hängen der Westseite steigt die durch die Sonnenstrahlung erwärmte Luft empor, während die kalten Luftströmungen an der Ostseite niedersinken. Die auf- und absteigenden Luftmassen erzeugen am Himmel über Schwalenberg einen Wechsel unterschiedlichster Blau- und Grautöne.

Die Anfänge der Schwalenberger Malerkolonie im 19. Jahrhundert

Seit der zweiten Hälfte des 19. Jahrhunderts kamen wiederholt Maler nach Schwalenberg, insbesondere aus den aufstrebenden Metropolen Berlin und Düsseldorf.

Die Düsseldorfer Maler fanden dabei zuerst den Weg in das Ackerbürgerstädtchen. Zumeist kamen sie nach Lippe, weil sie mit hier ansässigen Familien verbunden waren. In ihnen fanden sie Förderer oder sie knüpften an Bekanntschaften an, die sie an der Kunstakademie geschlossen hatten, denn häufig studierten Künstler aus Lippe in Düsseldorf, wie etwa die gebürtigen Detmolder Carl und Ernst Rötteken (1882-1945).

Der lippische Maler und Pastor Emil Zeiß (1833-1910) war ein wichtiges Verbindungsglied zwischen der lippischen Kleinstadt und der Kunststadt Düsseldorf, da bei ihm häufig Künstler während ihrer kurzen Besuche in Schwalenberg übernachteten. Zwar reisten bereits im 19. Jahrhundert die Künstler hin und wieder gemeinsam nach Schwalenberg, doch blieben sie dort nicht für eine längere Zeit. Von einer Künstlerkolonie konnte daher zu diesem Zeitpunkt noch nicht die Rede sein. Diese Einzelbesuche bildeten jedoch die Wurzel der späteren Künstlerkolonie, die insbesondere in den zwanziger Jahren des 20. Jahrhunderts aufblühte.

Die Blütezeit der Malerstadt

Erst durch den Berliner Maler Hans Bruch (1887-1913) entwickelte sich Schwalenberg zur *Malerkolonie*. 1906 kam er zusammen mit seinen Künstlerkollegen Berthold Ehrenwerth (geb. 1886) und Albert Kiekebusch (geb. 1861), durch einen Studienaufenthalt in Bad Pyrmont, nach Schwalenberg. Bis zu seinem frühen Tod 1913 kehrte Bruch jeden Sommer für mehrere Wochen zurück und schuf zahlreiche Werke, in denen er die verträumten Winkel des mittelalterlichen Städtchens festhielt.

Insbesondere seinen persönlichen Kontakten an der Königlichen Kunsthochschule in Berlin, aber auch einigen Ausstellungen seiner Arbeiten mit Schwalenberger Motiven, ist es zu verdanken, dass ihm Künstler aus der Hauptstadt in das ländliche Ackerbürgerstädtchen nachfolgten, wie etwa der Marine- und Landschaftsmaler Ludwig Kath (1886-1952) und Franz Eduard Rothe (1887-1975).

Vor allem aber Hans Licht (1876-1935), der wahrscheinlich durch Albert Kiekebusch von Schwalenberg erfuhr, sorgte für eine wachsende Popularität Schwalenbergs in der Berliner Künstlerszene. Der Landschaftsmaler reiste bereits 1908 nach Schwalenberg; er kehrte in den folgenden Jahren immer wieder hierhin zurück und erteilte in Schwalenberg auch Mal- und Zeichenunterricht. In seiner privaten Malschule in Berlin bildete er angehende Berufskünstler und Zeichenlehrer aus, unterrichtete aber auch interessierte Laien. Insbesondere Frauen zählten zu seinen Schülerinnen, da diese bis zum Ersten Weltkrieg von einem Studium an staatlichen Kunstakademien häufig ausgeschlossen waren. Richteten sich seine Malstunden in Schwalenberg zuerst vorrangig an Interessierte vor Ort, brachte er in den folgenden Jahren auch Malschüler aus Berlin mit nach Lippe. 1920 reiste Licht erstmalig mit vierzig Schülern in Schwalenberg an und betrieb dort den gesamten Sommer über seine Malschule.

Weitere Berliner Künstler, die wiederholt und für längere Aufenthalte nach Schwalenberg kamen, waren Robert Kämmerer-Rohrig (1893-1977), der nach dem Ende des Ersten Weltkriegs häufig mit seinem Vater Robert

Kämmerer (dem Älteren) (1870-1950) Schwalenberg besuchte, und Hans Lichts Schülerin Nelly Cunow (1893-1982).

Die zweite wichtige Gruppe waren die Düsseldorfer Künstler. Zu den ‚Düsseldorfern' zählte Friedrich Eicke (1883-1975). Seine Fassadenmalereien an der »Künstlerklause« prägen auch heute noch das Stadtbild und sind ein sichtbares Zeichen für Schwalenbergs Geschichte als Malerstadt.

Friedrich Eicke bemalte dieses Fachwerkhaus 1930-1933 nach dem Vorbild süddeutscher und österreichischer Fassadenmalerei. Anlass für die Neugestaltung der Fassade war der Umbau des ehemaligen Gasthofes Meier, der 1927 in »Künstlerklause« umbenannt worden war. Das Gasthaus, das von Hermann Niederbracht geführt wurde, entwickelte sich bereits in den 1910er Jahren zum Mittelpunkt der Künstlerkolonie. Dort trafen sich die Künstler, präsentierten ihre Arbeiten, diskutierten sie und stellten sie zum Verkauf. Niederbracht, der ein leidenschaftlicher Kunstsammler war, erwarb so eine umfangreiche Bildersammlung.

Zu den Künstlern aus Berlin und Düsseldorf gesellten sich zeitweise auch Maler aus Hannover. Elisabeth Ruest (1861-1945) kam erstmalig 1908 nach Schwalenberg und kehrte jedes Jahr in die Malerstadt zurück. Ihre Arbeiten, die sie in Hannover ausstellte, sorgten auch in Niedersachsen für eine wachsende Bekanntheit Schwalenbergs. Durch sie wurde auch Emil Werner Baule (1870-1953) auf Schwalenberg aufmerksam. Er reiste, ebenso wie Franz Eduard Rothe (1887-1975) und andere, bei seinen Besuchen der lippischen Kleinstadt mit eigenen Malschülern an. Auch der Bremer Maler Robert Koepke (1893-1968) und der Hamburger Hans Northmann (1883-1972) arbeiteten häufig in Schwalenberg. Des Weiteren verweilten nun Künstler aus der näheren Umgebung für längere Studienaufenthalten in Schwalenberg, wie etwa die Blombergerin Margarete Krieger (1877-1953) und Ernst Rötteken aus Detmold.

Gemeinsam war den Künstlern, die Schwalenberg besuchten, dass sie vorrangig gegenständlich arbeiteten. Es waren vor allem Landschafts-, Portrait- und Blumenmaler, die in Schwalenberg nach Bildmotiven suchten und mit ihren Staffeleien in den Sommermonaten das Straßenbild prägten.

Die Malerstadt Schwalenberg nach 1945

Nach der Blütezeit der Malerstadt folgte, unter anderem bedingt durch den Zweiten Weltkrieg, eine Zeit des Stillstandes. Nur noch wenige Künstler kamen in den Nachkriegsjahren in die Stadt, und die Malerkolonie fand keine wirkliche Fortsetzung. Einzig Künstler, die bereits in den 20er und 30er Jahren in Schwalenberg tätig waren, besuchten noch vereinzelt und unabhängig voneinander die einstige Malerkolonie. Ansässig war von 1949 bis 1977 allein der Maler Robert Kämmerer-Rohrig.

Seit 1978 knüpfen die Lippische Kulturagentur des Landesverbandes Lippe und die Stadt Schieder-Schwalenberg an das kulturelle Erbe der Künstlerkolonie an.

In der Städtischen Galerie und im Robert Koepke Haus werden mehrmals im Jahr wechselnde Ausstellungen gezeigt, die die Erinnerung an die Malerstadt wachhalten und Höhepunkte in der lippischen Kunstszene bilden. Dabei ist das Robert Koepke Haus der Präsentation zeitgenössischer Kunst von jungen, vielversprechenden Künstlern vorbehalten. Die Ausstellungen in der Städtischen Galerie nehmen die Tradition der Malerstadt auf und zeigen Werke der alten lippischen Maler, präsentieren aber auch hochkarätige Kunst internationaler Künstler mit einem Schwerpunkt auf der klassischen Moderne.

Die Tradition der Malschulen wird heute mit dem jährlichen Angebot der Sommerakademie fortgesetzt. Außerdem werden seit 1986 Stipendien für Bildende Künstler ausgeschrieben, so dass auch heute wieder für einige Monate junge Künstler in Schwalenberg leben und arbeiten.

Friedrich Eicke: Markt in Schwalenberg

Die Deutsche Märchenstraße

(Brigitte Buchholz-Blödow)

Im historischen Rathaussaal der Brüder Grimm-Stadt Steinau an der Straße wurde am 11. April 1975 die *Deutsche Märchenstraße* zu Ehren der Brüder Grimm gegründet. Mit über sechzig Städten, Gemeinden und Landkreisen ist sie seither eine der ältesten und beliebtesten Ferienrouten Deutschlands. Das bekannteste und weltweit verbreiteste Buch der deutschen Kulturgeschichte sind die *Kinder- und Hausmärchen* der Brüder Grimm. Die Handexemplare der *Kinder- und Hausmärchen* von Jacob und Wilhelm Grimm gehören seit 2005 zum *Weltdokumentenerbe* der *UNESCO*, ausgestellt sind sie in der *GRIMMWELT Kassel*.

Über sechshundert Kilometer, von Hanau bis nach Bremen, reiht die *Deutsche Märchenstraße* die Orte und Landschaften, in denen die Märchen und Sagen der Brüder Grimm und anderer Sammler beheimatet sind, zu einem fabelhaften Reiseweg aneinander. Legenden, Geschichten und Lieder runden den inhaltlichen Anspruch der *Deutschen Märchenstraße* ab, die durch unberührte und außergewöhnliche Landschaften der Bundesländer Hessen, Niedersachsen, Nordrhein-Westfalen, Bremen und auch Thüringen führt.

Schon vor über zweihundert Jahren fühlten sich die Brüder Grimm in dieser geschichtsträchtigen Landschaft wohl. An der *Deutschen Märchenstraße* liegen zauberhafte Fachwerkstädte, Schlösser und Burgen: Erlebnisreich sind beispielsweise der einzigartige Bergpark Europas in Kassel-Bad Wilhelmshöhe (*UNESCO-Welterbestätte*), das hanseatische Flair Bremens oder auch die heimeligen Weihnachtsmärkte in zahlreichen Märchenstraßen-Orten. Die *Deutsche Märchenstraße* bietet weiterhin viel Kunst und Geschichte, vereint Museen und Galerien, verknüpft Brauchtum und Heimatkunst und lädt in Konzerte und Theater ein. Kein Wunder also,

14

dass die Malerstadt Schieder-Schwalenberg Teil der *Deutschen Märchen-straße* ist.

In den Sommermonaten reiht sich auf sechshundert Kilometern entlang dieser Ferienroute ein Fest ans andere. Märchen, Sagen und Geschichten werden vielerorts wieder auferweckt: Da gibt es Freilichtspiele, Puppen-spieltage, Märchenwochen und Marionettentheater. In einigen Orten be-grüßen wahrhaftige Märchenfiguren die Besucher; in anderen wiederum gibt es Pauschalangebote zum *Erleben von Märchen für Groß und Klein.* In Schieder-Schwalenberg und auch im nordhessischen Willingshausen gibt es für Kunstinteressierte spezielle Kurse in den Bereichen Malerei, Zeichnen, Druckgrafik und Bildhauerei. Wer sich gastronomisch ver-wöhnen lassen möchte, den versetzen Märchenmenüs, Scheunenfeste, Fürstenbankette und die beliebten mittelalterlichen *Tafeleyen* in eine märchenhafte Stimmung.

Märchen – Sagen – Legenden

(Eberhard Michael Iba)

Die *Deutsche Märchenstraße* ist eine Straße der Märchen, Sagen und Legenden.

Was aber unterscheidet eigentlich ein *Märchen* von einer *Sage* und *Legende*? Alle drei wurden zunächst mündlich überliefert und später schriftlich fixiert. Im Gegensatz zur *Sage* ist das *Märchen* nicht an einen bestimmten Ort, eine bestimmte Zeit oder eine bestimmte Person (z.B. *Der Rattenfänger von Hameln*) gebunden. Im *Märchen* steht die Zeit still, zwischen Wirklichkeit und Wunder wird nicht unterschieden. *Sagen* haben einen realen Kern und befassen sich mit Ereignissen aus dem täglichen Leben, wobei der Mensch nicht selten mit höheren Wesen (Riesen, Teufeln, Zwergen, Hexen u.a.) in Konflikt gerät und Schaden davon trägt. Das ist im *Märchen* anders, die Helden im *Märchen* empfinden keine Angst und sind bei der Begegnung mit jenseitigen Mächten nicht erstaunt.

Das christliche Gegenstück der *Sage* ist die *Legende*. Sie erzählt von dem wunderbaren Leben und Wirken Heiliger bzw. Märtyrer.

Für Schieder-Schwalenberg sind eine Reihe von *Sagen* überliefert. Nicht allzu weit von Schwalenberg entfernt, liegt der sagen- und märchenumwobene *Köterberg*. Am 2. August 1813 unternahm Wilhelm Grimm von Höxter aus, wo er bei seinem Schulfreund Paul Wigand zu Gast war, einen Ausflug zum Köterberg. Dort hörte er von einem Schäfer das plattdeutsche *Märchen De drei Vügelkens* sowie die *Sagen Die Springwurzel* und *Der Köterberg*. Das *Märchen Simeliberg,* das von Ludowine von Haxthausen aufgeschrieben wurde, bezieht sich ebenfalls auf den Köterberg. Von ihrer Schwester Marianne von Haxthausen stammt das *Märchen Das Lämmchen und das Fischchen*; sie hat es »in frühester Jugend im Lippischen gehört.«

Hans Licht: Tal im lippischen Südosten

Die Schwalbe und der Falke

(Heinrich Schwanold – August Wiemann)

Seit undenklichen Zeiten herrschten in der Wesergegend die Grafen von Schwalenberg, die eine Schwalbe im Wappen führten. Sie hatten ihren Sitz auf der festen Oldenburg, ihrer Stammburg, die nahe bei Marienmünster auf der Bergeshöhe stand und weit ins Land hineinschaute, aber jetzt in Trümmern liegt.

Einstmals saß die Gräfin von Schwalenberg am Fenster ihrer Burg und blickte nach Westen zum Teutoburger Wald hinüber. Da sah sie über den Baumkronen einen mächtigen Turm sich erheben, und sie fragte ihren Gemahl, was das zu bedeuten habe. Der Graf sprach: »Das ist der Turm der Falkenburg; die bauen die Edelherren zur Lippe, die sich hier in unseren Bergen einnisten wollen. Ich denke, das Nest werden wir bald brechen.« Die Gräfin aber erwiderte: »O weh, mein Gemahl, ich habe diese Nacht im Traum gesehen, wie ein Falke eine Schwalbe mit seinen Krallen schlug und ihr mit seinem Schnabel die Augen aushackte.«

Einige hundert Jahre später war das Geschlecht der Schwalenberger erloschen, und die Edelherren zur Lippe herrschten stattdessen.

Das Wappen derer von Donop

(Heinrich Schwanold – August Wiemann)

Bei einem Turnier erschien einst ein junger Knappe,
der auf seinem Wappenschild eine rote Leiter hatte:
»Der mit der roten Leiter,
wer ist der junge Fant?«*
Fragt Werner von der Plesse,
der Kölner Domdechant.
»Das ist die rote Leiter,
auf der ich jüngst erstieg
dein Schloss, die hohe Plesse!«**
Der Kämpe sprach's und schwieg.
»Ei«, rief der alte Degen
zum jungen frohgewandt,
»nahmst du die steile Plesse,
da nimm auch meine Hand!
Du stiegest frohen Mutes
zu meiner Burg hinan
und hast's am hellen Tage
recht wie ein Held getan.
Dein »Do nup!«, riefst du lustig
und stürmtest kühn voran,
und »do nup!«, riefen alle
und folgten deiner Bahn.
Und *Donop* sollst du heißen,
Du tapfrer Feuerbrand,
die *Donop* sollen blühen
im deutschen Vaterland!«

(* ein unerfahrener Bursche)
(**Burg Plesse bei Bovenden, unweit von Göttingen)

Das goldene Kalb

(Karl Wehrhan)

Auf dem Gipfel der Hermannsburg bei Schieder in Lippe sind noch heutzutage einige alte Trümmer sichtbar, die für die ehrwürdigen Reste der Burg Hermanns, des Anführers der Cherusker, gehalten werden. Sie bestehen in einigen schon sehr verfallenen niedrigen Mauertrümmern und dem sogenannten Keller oder Brunnen, einer Vertiefung, die entweder ein verschüttetes Gewölbe oder in späteren Zeiten gegrabenes Loch ist. Hier liegt nach dem Glauben der Leute das goldene Kalb vergraben, und der Glaube hat schon manchen bewogen, auf dem Berg vergeblich nach Schätzen zu graben. Das goldene Grab soll eine schon seit Karls des Großen Zeiten verborgene Säule sein.

(Die sagenumwobene Hermannsburg soll einst auf einer steilen Bergkuppe an den Ufern der Emmer bei oder auf der Herlingsburg erbaut worden sein.)

Der größte Schatz

(Josef Seiler)

In der Hermannsburg bewachen alte Zwerge unerhörte Schätze und Kostbarkeiten. Dort liegen Perlen, goldene Äpfel, Diamanten und Rubinen haufenweise aufgeschichtet. Es lagert uralter, würziger Wein in Fässern von Weinstein (die hölzernen Dauben sind vor Jahrhunderten schon vermorscht), und es sprießen in unterirdischen Gärten goldene Rosen und silberne Lilien. Wer die rechte Zeit weiß, wann sich der Berg öffnet, der kann auf eine Stunde lang hinabsteigen und von den Schätzen mitnehmen und von dem Wein trinken.

Aber der größte Schatz, der in der dunklen Tiefe ruht, das ist der alte Hermann, den die Zwerge gebannt und verzaubert halten bis zu seiner Zeit. Wenn jedoch seine Zeit da ist, dann wird der alte Hermann erwachen und aufstehen; die Seinen werden sich zu ihm sammeln und die alte deutsche Freiheit erringen, dass es ein Land, ein Volk, ein Geist wieder sei, wie in früheren Tagen.

Robert Kämmerer-Röhrig: Waldeingang bei Schieder

Graf Hermann von Schwalenberg und die Rache der Zwerge

(Josef Seiler*)

Mit reicher Beute, die er unter Rotbarts Fahnen erworben hatte, kehrte Ritter Hermann, Graf von Schwalenberg, aus Palästina zurück. Es war ein Tag hohen Jubels, als er in dem alten Schloss seiner Väter, tief in den westfälischen Bergen, seinen Einzug hielt, denn viele Jahre war er fern gewesen von Weib und Kind, und manchmal hatten diese in ihrer Einsamkeit an seiner Wiederkehr gezweifelt. War doch so mancher ausgezogen, das heilige Kreuz zu befreien, von dem nie wieder Kunde in seiner Heimat gehört wurde.

Nach einiger Zeit, als der Ritter alle Geschichten von den Schlachten, Eroberungen und Gefahren erzählt, als er alle seine mitgebrachten Schätze immer wieder gezeigt hatte, sprach er zu seiner treuen Frau: »Wir bewohnen ein altes Haus, seine Zinnen und Mauern beginnen schon zu wanken. Nun bin ich aber reich genug, eine neue Burg zu bauen, stattlich und fest, worin es sich angenehmer und sicherer wohnen lässt. Darum habe ich mir dort jene Bergspitze ausersehen, um ein Schloss darauf zu gründen oder wüsstest Du einen besseren Bauplatz, teure Hildeburg?« Die Gattin des Ritters meinte zwar anfangs, es sei nicht gut, das alte Ahnenhaus so schnöde zu verlassen, und es sei wohl auch noch nicht gar so baufällig und morsch. Aber als Hermann sie darauf in der verwahrlosten Feste umherführte und ihr zeigte, wie hier eine Turmspitze gänzlich zerbröckelt war, wie dort eine Zimmerdecke einzustürzen drohte, wie Raben und Uhus durch gähnende Mauerlücken ungehindert ein- und ausfliegen konnten, gab sie, als sie an die unermesslichen Schätze und Kostbarkeiten ihres Mannes dachte, schließlich ihre Zustimmung zu dem Bau, und schon wenige Tage später waren die Werkleute damit beschäftigt, die jähe Höhe abzutragen und zu ebnen.

In der folgenden Nacht hatte Ritter Hermann einen gar seltsamen Besuch. Von einem sonderbaren Scharren und Hüsteln geweckt, erblickte er vor seinem Bett eine ganze Schar winziger alter Männchen, die fast wie Bergleute gekleidet waren. Jeder von ihnen trug eine kleine goldene Ampel, wodurch das Schlafgemach des Ritters ganz erhellt wurde. Der Ansehnlichste unter den Kleinen trat etwas vor und begann unter wunderlichen Kratzfüßen seine Anrede: »Gestrenger Herr Ritter, wir haben erfahren, dass Ihr gewillt seid, auf jenem Berg ein Schloss zu bauen. Wir wollten Euch aber inständig bitten, den Bau zu unterlassen.« Über dieses Ansinnen lachte der Ritter laut auf. »Wer dürfte es doch wagen«, rief er, »mich an meinem Bau auf meinem eigenen Grund und Boden zu hindern. Der Berg gehört völlig zu meinen Besitzungen. Wer seid ihr denn, ihr kleines verwegenes Volk?« »Wir sind die Herren der Berge«, erwiderte der kleine Sprecher sehr ernsthaft. »Und in dem Berg, den Ihr bebauen wollt, wohnen unserer viele. In warmen, mondhellen Nächten schlüpfen wir aus den Tiefen heraus und halten oben ein munteres Tänzchen. Wenn dort nun ein Schloss stände, so wäre uns das, wie Ihr doch einsehen solltet, sehr hinderlich. Und nun gar unsre schmucken Mädchen, wenn sie einmal Lust bekämen, sich in dem Brunnen, der auf dem Berg quillt, zu baden, und es triebe sich dann vielleicht gerade ein Tross roher Knappen dort umher. – Baut lieber auf einem anderen Berg, Herr Ritter. Wir Berggeister und Zwerge wollen Euch gern behilflich sein.« Aber Ritter Hermann war nicht von der Art, sich von einem vorgenommenen Werk, zumal auf eine solche Weise, abbringen zu lassen. »Setzt meine Geduld nicht länger auf die Probe«, rief er im höchsten Zorn. »Packt euch sogleich fort und sagt denen, die euch gesandt haben, dass ich bauen werde, wo immer es mir beliebt und dass weder Zwerge noch Geister mich daran hindern werden!«

Die Zwerge entfernten sich trippelnd und seufzend, und es sah so aus, als wenn der eine oder der andere von ihnen sich eine Träne aus den Augen wischte. – In den drei folgenden Nächten kamen und gingen die Zwerge ebenso, aber durch ihre Bitten wurde Ritter Hermann nur noch hartnäckiger. Sie kamen daher nicht wieder, und der Bau begann ungehindert.

Manche alte Eiche, die Jahrhunderte hindurch ihr Haupt stolz emporgehoben hatte, musste sinken, mancher Steinkoloss wurde dem Schoß der Erde, wo er lange geruht hatte, entrissen. Alles wurde mit unsäglicher Anstrengung den Berg hinaufgeschleppt, und mehr als ein Ross stürzte, zu Tode ermattet, unter der Geißel des Treibers an dem steilen Hang nieder. Täglich war der Ritter selbst oben bei den Arbeitern und ordnete an und befahl und ließ sich nicht verdrießen, das Kleinste wie das Größte sorgsam im Auge zu haben. So wuchsen denn bald die ersten Mauern trotzig empor, und gar nicht lange währte es, bis man Größe und Gestalt der neuen Burg erkennen konnte. Der Brunnen der Zwerge sprudelte mitten im Schlosshof, so hatte es der Ritter ausdrücklich gewollt. Immer höher hoben sich die Mauern; es bildeten sich allmählich die Zinnen und Warten, Erker und Balkone. Endlich, nachdem drei Mal die Blätter in den Stürmen des Herbstes gefallen waren, stand der Bau herrlich vollendet da. Zehn Türme ragten, mit Stahl gedeckt, ringsum empor. Die mittelste höchste Zinne war ganz vergoldet, alle Türen der Burg waren aus Kupfer, und über dem Eingang in den Rittersaal prangte Hermanns Wappen, von gediegenem Silber gearbeitet.

Der nächste erste Mai war zur feierlichen Einweihung dieses Prachtgebäudes bestimmt, und Einladungen waren an alle Ritter und Herren der westfälischen Lande ergangen. Viele Wochen vorher schon sah man sie auf hohen Rossen der Hermannsburg zureiten, denn keiner der Geladenen wollte bei dem Fest fehlen. Über hundert Edelleute kamen zusammen, den Tag des ersten Mai zu begehen. Als nun alle versammelt waren, begann das Fest mit einem großen Turnier. Zu Ross und zu Fuß, mit Schwert und Lanze, einzeln und in großen Massen ward in dem geräumigen Burghof gekämpft, und manch köstlichen Preis trug die Tapferkeit der Ritter davon. Nach beendigtem Kampfspiel zogen sie in die Hallen des Schlosses ein, wo ein gar stattliches Mahl gehalten wurde. Die Tafeln waren mit Purpurdecken belegt, man speiste von silbernen Schüsseln und trank welschen und griechischen Wein aus goldenen Pokalen. Während des Mahles priesen Spielleute in lieblichen Liedern die Taten von Hermanns Ahnen und hörten nicht auf, die edlen Zecher zu ergötzen.

Bis spät abends erklangen, vom Tanzsaal her, lustige Weisen und lockten die Ritter und Frauen zu munteren Reigen.

Stunde um Stunde dauerte die Lust, bis endlich die Mitternacht stumm und schwarz herniederkam. Da kam plötzlich ein gewaltiger Stoß aus der Tiefe des Berges herauf, das ganze Gebäude erzitterte, und die trunkenen Ritter fuhren entsetzt zusammen. Es folgte noch ein Stoß und wieder einer, dass die Mauern barsten und die Türme einstürzten! Da und dort glommen tausend kleine Flammen wie Irrlichter an den Säulen und Zinnen hinauf und leckten an Balken und Dächern, wurden größer und vereinten sich. Bald war die Burg eine einzige, zu den Wolken aufschlagende Lohe. Unzählige kleine Gestalten umtanzten hohnlachend die prasselnde Glut. Ritter Hermann aber wurde mit all seinen Gästen unter dem einstürzenden Schloss begraben. Das war die Rache der Zwerge.

Viele Jahrhunderte sind seitdem vergangen, aber noch stehen auf einer steilen Bergkuppe an den Ufern der Emmer die Ruinen der Hermannsburg, und der Brunnen der Zwerge quillt in dem wüsten Gemäuer, silberhell wie ehemals.

(»Jüngere Mythe«)*

Schätze in der Hermannsburg

(Karl Wehrhan)

Die Burg Hermann des Cheruskers stand früher bei Schieder in Lippe. Es ist einem Menschen wohl möglich, in das Innere des Berges hinabzusteigen, auch darf er hier eine Stunde verweilen. Es ist ihm ferner nicht verwehrt, von den hier lagernden Schätzen so viel einzustecken, wie er zu tragen vermag, auch von dem dort befindlichen Wein so viel zu trinken, wie ihm beliebt, nur darf er die Stunde nicht versäumen. Verweilt er länger, so bleibt er eingeschlossen, und nie wieder wird sein Auge Tageslicht erblicken.

Der Berg öffnet sich am Johannistag in der Mitternacht an bestimmter Stelle. Wer darauf achtgibt, kann sein Glück machen, denn arm geht man hinein und reich kommt man wieder heraus. So ging einmal vor alten Zeiten jemand in den Berg hinab. Die Zeit verrann ihm beim Suchen nach den besten Schätzen, er sah nur auf den blinkenden Schein des roten Goldes. Da schlug die Glocke eins, und das Tor des wilden Gesteins schloss sich mit gewaltigem Krach. Niemand hat den Mann jemals wiedergesehen.

Die Elfe vom Nessenberg

(Heinrich Schwanold – August Wiemann)

Hinter Schieder liegt, an der Straße nach Detmold, ein Berg, den nennen die Leute, den *Nessenberg*. Eigentlich müsste er aber *Nesselberg* heißen, denn es gab eine Zeit, wo auf ihm, statt des Hochwaldes, nur Nessel wuchsen.

Vor langer, langer Zeit stand am Fuße dieses Berges ein kleines Haus, in dem ein Bauer mit seinem Sohn wohnte, dem gehörte damals der Berg. Der Bauer war ein recht munterer Mann, und sein Sohn war fleißig und guter Dinge, bis er eines Tages eine Elfe sah; da wurde er ein Träumer, und das ging so zu:

Oben auf dem Berg, zwischen hohen Tannen war eine Waldwiese. Die liebte der Bauernsohn ganz besonders, und am Sonntagnachmittag ruhte er gern im grünen Gras aus. Dort lag er so weich, der Wind spielte mit den Wipfeln der Tannen, und die Sonne schien warm auf seinen Rücken. Oft schlief er dann ein, aber wenn die Sonne verschwand und die Luft kühler wurde, erwachte er gleich und ging heim.

Eines Sonntags im Frühling war er ganz besonders müde, und kaum hatte er sich im Gras ausgestreckt, schlief er auch schon ein. Er schlief und schlief und erwachte nicht eher, bis der Mond hoch am Himmel stand und ihm direkt ins Gesicht schien. Es war ein leises Rauschen und Rascheln um ihn her, wie von tanzenden Füßen. Er fing an zu blinzeln, und was er da sah, das machte ihn gleich munter. Auf der Wiese nämlich tanzte eine Elfe im Mondenschein. In ihren Händen hielt sie lange, durchsichtige Schleier, aus zartem Nebel gewoben. Sie drehte sich und wiegte sich, und ihre nackten Füßchen sprangen im Takt und die Tannen rauschten ganz leise eine zarte Melodie. Stumm lag der Bauernsohn und wagte nicht, sich zu rühren. Sie hatte ihn nicht bemerkt, sie tanzte solange der Mond schien. Dann verschwand sie, und er ging nach Hause.

Am anderen Morgen wollte er wie sonst an seine Arbeit gehen, aber sie ging ihm gar nicht so von der Hand, denn seine Gedanken waren immer noch bei der Elfe. Je mehr es Abend wurde, desto mehr wuchs seine Unruhe, und als dann der Mond aufging, schlich er sich in den Wald. Doch wie er auch wartete und wartete, dieses Mal kam die Elfe nicht. Den nächsten Tag und an allen folgenden Abenden ging es ihm nicht besser. Er wusste nicht, dass die Elfe nur dann tanzte, wenn der Vollmond schien.

Wie er sie nun gar nicht wiedersah, wurde der Bauernsohn sehr traurig. Den ganzen Tag dachte er an sie, und des Nachts konnte er nicht schlafen, so weh tat ihm das Herz. Sein Vater zerbrach sich den Kopf über das sonderbare Verhalten seines Sohnes. Als nun eines Abends der Vollmond wieder schien und der Bauernbursche noch einmal sein Heil versuchen wollte und zur Waldwiese ging, schlich sein Vater ihm leise nach, und gerade an diesem Abend tanzte die Elfe wieder. Dieses Mal bemerkte sie aber den jungen Menschen. Da sah sie ihn mit ihren dunklen Augen an und fragte: »Siehst du mich gern tanzen?« Er antwortete: »Du tanzt so schön, dass keiner dir widerstehen kann, und käme selbst ein König, der die besten Tänzerinnen der Welt gesehen hätte, sähe er dich, so würde er nur dich lieben und ewig Sehnsucht haben, dich tanzen zu sehen.«

Da erwiderte sie: »Du bist mir lieber als der reichste König, denn du hast gute Augen und ein treues Herz. Du wirst mich nicht verraten. Wenn der Vollmond scheint, bin ich hier und tanze. Ich erlaube dir zu kommen, nur darfst du niemandem etwas davon sagen.«

Dieses Gespräch hörte der alte Bauer mit an, aber weil er Träumer nicht leiden konnte, beschloss er, der Elfe einen Schabernack zu spielen. Am anderen Tag schickte der Bauer seinen Sohn in die nächste Stadt. Er selbst grub die Waldwiese um und pflanzte Brennnesseln und Disteln darauf. Natürlich dauerte es nicht lange, so war das weiche, grüne Gras verschwunden, und nichts als struppiges Unkraut bedeckte den Boden. Als nun die Elfe im nächsten Monat wiederkam und tanzte, verbrannte sie sich ihre Füße an den Nesseln, und die Schleier zerrissen an den Disteln. Da kam sie nie wieder.

Doch die Nesseln wuchsen und wucherten so, dass die Blumen erstickten und die Tannen und Bäume auf dem Berg verdorrten. Der Bauernsohn aber konnte die Elfe nicht vergessen und wurde immer trauriger.

Der alte Bauer wurde später der »Nesselbauer« genannt und der Berg der »Nesselberg«. Als der Bauer und sein Sohn gestorben waren, da vergingen die Nesseln wieder, und die Tannen, Eichen und Buchen gediehen wie früher. Wer weiß, vielleicht ist auch die Elfe zurückgekommen.

Wenn ihr es wissen wollt, so geht doch einmal hin, wenn der Vollmond scheint.

Robert Kämmerer d.Ä.: Das Mörth im Herbst

Die Rodenstatt bei Brakelsiek

(Heinrich Schwanold – August Wiemann)

Auf dem Adamsberg bei Brakelsiek, der sich nach dem hohen Mörth hinzieht, liegen die Reste eines alten Ringwalls, der die Rodenstatt genannt wird. Hier soll früher eine Stadt gewesen sein, in der Heiden wohnten, die ihren Göttern Menschenopfer darbrachten. Von dem Blut der Opfer soll der Boden rot geworden sein und den Namen erhalten haben.

In ganz alter Zeit lebten in den Wällen der Rodenstatt und auf dem Stoppelberg bei Steinheim Riesen. Die beiden Riesenfamilien lagen häufig im Streit und warfen große Steine von einem Berg zum andern.

Das Schwalenberger Stadtwasser
(beschreibende Fassung)

(Kiepenkerl)

Es hat so etwas Vertrauliches, dieses Schwalenberg mit seinen heimeligen Fachwerkhäusern. Von einem steilen roten Dach sucht blauer Rauch die Bläue des Himmels, wie ein Bach das Meer sucht. Zu diesem Haus fließt das Stadtwasser in seiner munteren tagesklaren Zeile von der Magdalenenquelle in den Volkwinbrunnen, wo an die sagenhafte Entstehung des Stadtwassers erinnert wird:

Dies Wasser, das gruben der Männer zwei
und wurden dafür ihrer Ketten frei
in grauer Vorzeit Tagen.
Die Männer sind tot, das Wasser stirbt nie,
springt munter vom Berge, heute noch wie
in grauer Vorzeit Tagen.

Ja, es fließt wirklich etwas h i n a r. in die Altstadt. Nicht wenig stolz sind die Schwalenberger auf diese Merkwürdigkeit und führen mit Beflissenheit Besucher, die für Naturgenüsse noch zu haben sind, hinaus an diesen Wunderbach. Erst dann nehmen sie ihre Gäste mit vor das Rathaus mit seinem reich geschnitzten Säulengang und Giebeln. Hier entziffern sie ihnen eine plattdeutsche Inschrift im Balken oben am Dachgeschoss:

MINSCHE GEDENCKE WAT DU BETENGEST DEN LIECK UND RECHT WARET LENGST WERSTU AS SCHELM UND SCHENNER UNRECHT HANDELN SO MOSTU THOM LESTEN IN DEN HELLE WANDRN

-Mensch bedenke, was du bedeutest, denn Geradheit und Recht währen am Längsten. Wirst du als Schelm und Schinder unrecht handeln, so musst du zum Schluss in die Hölle wandern-.

Robert Koepke: Landschaft mit Blick auf Schwalenberg,
im Vordergrund »das Stadtwasser«

Das Schwalenberger Stadtwasser
(sagenhafte Fassung)

(Heinrich Schwanold – August Wiemann)

Als Graf Volkwin die Stadt Schwalenberg gegründet hatte, mangelte es der Stadt an Trinkwasser, doch etwa eine halbe Stunde von der Stadt entfernt, am Fuße des Mörths, sprudelte ein klarer Quell aus der Erde hervor. Stadt und Quelle trennte jedoch ein tiefes Tal, und niemand in der Stadt verstand es, das Wasser durch das Tal hindurch in die Stadt zu leiten. Graf Volkwin aber schaffte Rat und Hilfe. Auf seiner Burg hatte er zwei Gefangene im Verließ sitzen, die auf ihre Strafe für einen schweren Mord warteten. Er versprach ihnen Gnade und Freiheit, wenn es ihnen gelänge, das Wasser der Quelle zur Stadt zu leiten. Die beiden Gefangenen machten sich ans Werk und leiteten das Wasser in einem weiten Bogen am Fuß der Berge entlang zur Stadt. Als sie fertig waren, ließ Graf Volkwin sie nicht nur frei, sondern schenkte ihnen auch noch acht Hufen Ackerland.

Nächtliche Besucher in der Schwalenberger Kirche

(Heinrich Schwanold – August Wiemann)

In Schwalenberg steht neben der Kirche ein Haus, in dem früher Frau Kloos wohnte. Einstmals, in der Weihnachtsnacht, hörte sie um zwei Uhr die Glocken der Kirche läuten. Sie meinte, es wäre schon Frühandacht und ging in die Kirche hinein. Dort sah sie einen Mann mit einem Gesangbuch in der Kirche umhergehen, der ihr sagte, sie solle fortgehen und sich nicht umsehen. Beim Weggehen sah sie sich aber doch um und war am anderen Morgen tot.

Die Waldkapelle bei Schwalenberg

(Heinrich Schwanold – August Wiemann)

Unweit Weißenfeld bei Schwalenberg liegen im Wald versteckt die Reste einer kleinen Waldkapelle. Eine Frau aus Schwalenberg, die dort einst Holz suchte, sah in der Kapelle einen Mann mit einem Buch umhergehen. Dieser sagte zu ihr, sie solle fortgehen und sich nicht umsehen, was die Frau denn auch tat.

Elisabeth Ruest: Schwalenberg – Stadt und Burg

ANMERKUNGEN

Graf Hermann von Schwalenberg und die Rache der Zwerge

Bei dieser Sage, so merkt *Willeke* auf Seite 134 in seiner *»Lügder Sagen-Sammlung« an,* handelt es sich vermutlich um eine barock ausgeschmückte Nacherzählung, aus der angeblich gefälschten Corveyer Chronik. In derselben wird berichtet, dass ein gewisser Herimannus (ein Graf aus dem Schwalenberger Geschlecht) 1187 eine Burg (Hermannsburg) auf oder bei der Herlingsburg erbaut haben soll.

Schätze in der Hermannsburg

Der erste Abschnitt der Sage von Wehrhan (1934), S. 86, sowie der letzte Abschnitt, S. 87, wurden gestrichen, da diese Textpassagen wohl von Seiler übernommen wurden.

LITERATUR

Bartelt, Fritz / Kühling-Sandhaus, Brigitte: Robert Koepke (1893-1968). Maler und Zeichner in Lippe, Detmold 1978

Buchholz-Blödow, Brigitte: Die Deutsche Märchenstraße, Kassel 2019

Granados, Mayarí: Sommerfrische. Berliner Künstler in Schwalenberg, 1890-1950. Ausstellungskatalog Städtische Galerie Schwalenberg. Lippische Kulturagentur des Landesverbandes Lippe, 2013 sowie *in überarbeiteter Form* für dieses Heft:

Granados, Mayarí: Die Künstler- und Malerstadt Schwalenberg, Detmold 2019

Brüder Grimm: Deutsche Sagen, Leipzig 1911

Brüder Grimm: Kinder- und Hausmärchen. Große Ausgabe, 7. Auflage, Göttingen, 1857

Iba, Eberhard Michael: Deutsche Märchenstraße. Ein Reise- und Lesebuch mit Märchen, Sagen und Legenden, Hameln, 2. Auflage 2018

Jahnke, Frank: Die Künstlerklause in Schwalenberg. Zur Geschichte der Schwalenberger Malerkolonie, Berlin 1998

Kiepenkerl-Jahrbuch für Minden-Ravensberg-Lippe, Herford 1950

Schwanold, Heinrich/Wiemann, August: Aus Niedersachsens Sagenborn. 1. Teil Mittelweserland, Bad Salzuflen o.J.

Seiler, Josef: Volkssagen und Legenden des Landes Paderborn, Kassel 1848

Seiler, Josef: Sagen und Märchen aus Heimat und Fremde, Kassel 1851

Weddigen, Otto/ Hartmann, Hermann: Der Sagenschatz Westfalens, Minden i. Westf. 1884

Wehrhan, Karl: Westfälische Sagen, Leipzig 1934

Willeke, Manfred: Lügder Sagen-Sammlung und sagenhafte Geschichten aus der Stadt Lügde, 2. Auflage Lügde 1988

BILDNACHWEIS

Bildrechte:

Sammlung Kulturagentur Landesverband Lippe/Stadt Schieder-Schwalenberg:

Nelly Cunow: Burg und Stadt Schwalenberg, Coverbild
Cunow, Nelly (Berlin/Eystrup, 1893-1982): Burg in der Schwalenberger Landschaft,
Öl auf Leinwand, o.J.

Friedrich Eicke: Markt in Schwalenberg, S. 13
Eicke, Friedrich (Düsseldorf/Berlebeck, 1883-1975): Markt in Schwalenberg, Öl/ Leinwand um 1925

Robert Kämmerer der Ältere: Mörth im Herbst, S. 31
Kämmerer, Robert d.Ä. (Kassel/Berlin, 1870 –1950): Das Mörth bei Schwalenberg im Herbst, Öl/Hartfaser 1925

Robert Kämmerer-Rohrig: Waldeingang bei Schieder, S. 22
Kämmerer-Rohrig (Berlin/Schwalenberg, 1893-1977): Waldeingang bei Schieder, Öl auf Leinwand, 1923

Robert Koepke: Landschaft mit Blick auf Schwalenberg, S. 34
Koepke, Robert (Bremen, 1893-1968): Landschaft mit Blick auf Stadt und Burg Schwalenberg, Öl/Hartfaser o.J.

Hans Licht: Tal im lippischen Südosten, S. 17
Licht, Hans (Berlin, 1876-1935): Tal im lippischen Südosten (Das Tälchen), Öl/ Hartfaserpappe, o. J.

Hans Northmann: Altes Rathaus, S. 7
Northmann, Hans (Hamburg, 1883-1972): Altes Rathaus in Schwalenberg/Lippe, Öl auf Hartfaser, o.J.

Elisabeth Ruest: Schwalenberg – Stadt und Burg, S. 38
Ruest, Elisabeth (Hannover, 1861- 1945): Schwalenberg Stadt und Burg, Radierung, o.J.

Fotografen:
Jürgen Ihle: Nelly Cunow: Burg und Stadt Schwalenberg
sowie Elisabeth Ruest: Schwalenberg – Stadt und Burg
Ulrich Heinemann: Alle anderen Fotografien

www.deutsche-marchenstrasse.com
www.iba-grimm.de
www.kulturagentur-online.de
www.schieder-schwalenberg.de

Eberhard Michael Iba

Deutsche Märchenstraße

Ein Reise- und Lesebuch mit Märchen, Sagen und Legenden

Deutsche Märchen Straße
Märchen · Sagen · Legenden

Mit Übersichtskarte

CW Niemeyer N